책발국닭여행

백발자국 여행

발행일   2023년 7월 24일

지은이   김수진   그린이   김장미
펴낸이   손형국
펴낸곳   (주)북랩
편집인   선일영   편집   정두철, 배진용, 윤용민, 김부경, 김다빈
디자인   이현수, 김민하, 김영주, 안유경   제작   박기성, 구성우, 변성주, 배상진
마케팅   김회란, 박진관
출판등록 2004. 12. 1(제2012-000051호)
주소   서울특별시 금천구 가산디지털 1로 168, 우림라이온스밸리 B동 B113~114호, C동 B101호
홈페이지   www.book.co.kr
전화번호   (02)2026-5777   팩스   (02)2026-5747

ISBN   979-11-6836-996-2 03810 (종이책)   979-11-6836-997-9 05810 (전자책)

(주)북랩 성공출판의 파트너
북랩 홈페이지와 패밀리 사이트에서 다양한 출판 솔루션을 만나 보세요!
홈페이지 book.co.kr   •   블로그 blog.naver.com/essaybook   •   출판문의 book@book.co.kr

작가 연락처 문의 ▸ ask.book.co.kr
작가 연락처는 개인정보이므로 북랩에서 알려드릴 수 없습니다.

소소한 일상에 대한
소소한 수수깡 묶음

책
갈피
여행

김수진 지음

🦢 북랩

작가의 말

　지난 일 년간의 시에 대한 열정으로 쓰고 모았던 시들을 엮어내서 『책 발자국 여행』이라는 시집을 내게 되었습니다.

　첫 시집 『마음돋이』를 내었을 때와 마찬가지로 시집이 한 권 나온다는 것은 그 계절을 기억하게 하고 설레게 하는 것 같습니다.
　이 시집을 보실 분들께 감사드리고 이 시집으로 인해 제가 느낀 감성과 사랑을 맛보시길 원합니다.

　수국은 흙이 알칼리성인지, 아니면 산성인지에 따라 꽃의 색깔이 바뀐다고 들었습니다. 저의 시집에 뿌리내리시려는 분들 모두가 어떤 것을 느끼시든지 아름다운 수국처럼 색깔을 뽐내시며 꽃을 피우시길 원합니다.

　특히나 책에 세심하게 신경 써주신 북랩 출판사 분들, 그리고 표지를 그려준 김장미, 제 친구, 늘 제 시집을 응원해 주시는 친정엄마와 시어머니, 신랑, 엽, 남동생까지, 제가 활동하는 카페 분들까지 다 사랑하고 안아드리고 싶습니다, 감사합니다.

차 례

1부

소소한 일상에 대한
소소한 수수깡 묶음

2부

1부

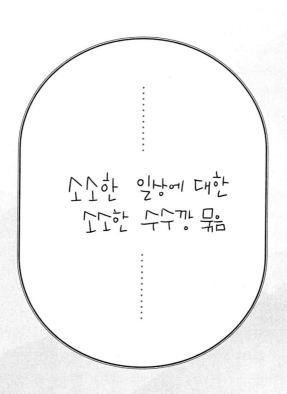

소소한 일상에 대한
소소한 수수깡 묶음

삶의 그릇에
해가 뜬 오후
가족을 위해 친구를 위해
소담히 나의 사랑을 담아낸다

한 국자 푹 퍼내면
그의 웃음이
아이의 안아 주는 온기가
호로록 마실 때마다

오늘의 덮밥은
알알이 살아 있는 보리밥
둥근 밥알은 입 안에서 고소하게
내 친구와의 우정을 우러나게 한다

계란에 양파 그리고 마요네즈를 섞은
덮밥 재료는
고소하면서도 맵싸한 나의 하루를
내놓는다

오늘의 밥상에도 감사함이
배불리 먹지 못하는 다른 사람들에
대한 미안함이 젓가락에 묻어난다

아픈 마음은
따스한 밥 한술이
위로를 해주고
온난한 나의 마음이
손끝에 반찬 아이 담아 주고
그 사람 좋아하는 것도
잊지 않고 복을 뜨는 그에게 전한다

빈 그릇에는
오늘의 갈무리될 인생의 무게가
겹쳐 담기고
씻겨져 차곡히 마르는 하루가
똑 똑 똑
떨어지는 개수대 물방울 시계로
차분히 간다

개구리 돌멩이에 맞다.

온기가 없이 마른 입술로
힘겹게 속삭여도
종이컵 전화만큼 가까이어도

그와 그녀에게
나의 줄은 닿지 않는다

그와 그녀가
쉴 새 없이 눌러대는 소리에 쌓여있지만

던져버린 돌멩이처럼
나는 영혼 리스

그와 그녀들이
두드린 나의 창에는
균열이 가고

햇살이 나의 고독을 졸게 할 때도
좀도둑처럼 다른 가면을 쓴 그들은

괴로움을 내 밭에 심어두고
사랑을 훔쳐 간다

발목 언저리에
묶였던 어미 새는
고꾸라져서
휑한 눈을 깜박인다

들리지도 않을 기도로

봄 소문

마르고 바짝바짝
하늘에 꼭짓점 찍던 겨울나무들
건조주의보

그 시간에도
봄은 밀물처럼 한 발 딛고 오다가
꽃샘추위에 꽁지를 빼다가
골무 머리들 움트고
레고 조각들 피어나 봄이
봄비랑. 손 맞잡고
봄꽃 색감 툭 툭 쳐낸다

개나리는
한갓진 하천이 노랑 사탕을 먹고 물든 것 같고
진달래는 진달래술 바라보면
분홍 더듬이가 벌 발끝을 잡고 있는 듯

봄 소문은
속닥속닥 소리도 없이
조심히 왔다가
조심히 문을 닫고는 쓰윽 가버리네

얽혔음에도 어느 정도의 거리를
서로 바라보면서
서로 닮은 눈을

이리저리
짜내고 있는 바구니

동여맨 바구니 안에는
할머니 실타래가 배부르도록
그득히

할머니 냄새가
쿰쿰히 나는
나이 든 바구니 하나

들여다보면
그때의 나의 그늘이
추억으로 접혀 있지

꽃샘추위

꼬리가 길기도 긴 겨울 세차다

3월도 초순과 끝이 다를진대
봄 향기 오기 전
시샘하는 시누이 벼른 눈가같이

자꾸만
따뜻한 방 안 온기에 녹아드는
발꼬락, 손꼬락
오순도순 모여서
발그레 불그레

꽃들이
촘촘히 겨울 손톱 지나면
화려하게 흩뿌려지겠지

입을 먹은 마스크

코로나19 곁에서
비말이라는 글자가 조심, 조심과
함께 떠오르고
마스크로 가린
비슷비슷한 입 가린 무표정

웃음을 가리려고
입술을 찢어버린 조커처럼
마스크에 얼룩진 립스틱
말할 수 없이 뒤덮인 공기의 답답함

꾸덕하게 말라버린 듯한
입술 그 갈라짐의 끝에
온라인으로 대면할 수밖에 없는
새 시대

우리는
화면의 생동감을 삼키며
또다시 새로운 얼굴
마스크를 쓴다

퇴근길

햇살이 고가도로에서
침투 작전을 벌이고
레펠로 움직이며 쫓았다가 뒤처지는
습격의 노곤한 순간

지하철이 지상 육교를 내지르며
건물 사이를 지날 때
간판들이 차렷하고 맞아 서서
느긋이 느려지는 운동성 속
미지근한 사람들

신발로 그들의 삶을 훔쳐내다가
어느샌가 아귀의 뼈 같은 사람들이
쏟아내 진다

고단한 하루가
총총히 밤길에 나를 쳐다보며
낡은 뒤축을 두드린다

책 발자국 여행

마을꽃밭

배차간격이 다른 버스의 시간대처럼
봄이, 여름이, 가을이, 때론 겨울의 풍경이 다른
아파트 꽃밭

품어낸 바람결대로
주욱 늘어선 꽃대가
도시에도 작은 돌들이 팔을 올리고 선 나무들이
조근조근 자연의 속삭임을
메마른 보도블록에 구석에서
비둘기 발자국들에 번잡함 사이에서

숨 틔울 수 있는
멍울이 낚시 추라도 되듯이
가라앉아서 안식을 낚게 되는
그 고요한 언저리

아픈 서울살이에도
투닥투닥 빗방울 잠시의 휴식으로
흙의 사랑을 배운다

떡국 ◡

거울 동동
추위 동동

흰 쌀떡 바지런히 썰어서
고운 하얀 지단, 노란 지단
얹은 설날에 부쩍 당겨 앉은 나이 한 살

꿀꺽 보드랍게 넘어가는
떡국 떡

어른의 시간도
아이의 시간도
오늘은 한 살씩만 더해져

무럭무럭
뱃속에서 떡방아는
365일을 빠르게 돌려보다가

다시 오는
올해를 빼꼼히 보면서
너무 빨리 자란 친척 아이들 미소를 본다

내 나이 먹는 줄도
모.르.고

봄니작

나무는 나무의 서사가 흐르는 법
상가 시끄러운 음악도 모르는
가로수의 쾨쾨한 잎새에서도

꽃샘추위의 꼬리를 끊어내는 건
나무에 움들이 일제히 일어나서
합창할 때

새벽에 드리웠던 어둠처럼
나무도 긴 그림자를 매달다가
봄 햇살과 함께
이른 아침을 맞이하는 이야기들

노란 아기방울
촘촘히도 묶어 당긴 봄
가지 끝 야무지게도
시작이 벌써고

어느 새가 붙을 거고
곧 아쉬움이 붙을
봄의 시작

라떼동전

짤랑짤랑
동전이면 삼양라면을 먹었고
50원짜리 뽑기도 할 수 있었다

200원이 귀했던 국민학교 시절

엄마 100원만이
유행어였다

문방구에서 득템 가능한 것들도
많아서 500원이 생기면
설레고 설레던 가슴

지금은
그 짤랑거림이
무겁고 지갑을 차지하는
동전을 보면 지폐로 슬쩍 바꾼다

돼지 저금통에는
엄청난 수의 10원짜리가 있다는데
우리 집 돼지 저금통은
냘름냘름 빼먹어서
뱃고래가 금세 꺼진다

앞뒤가 다른 동전!
그 모양새가 사라지고 있으니
약간은 섭섭하기도 하다

봄 낮잠

소복이 내린 눈에
나뭇가지가 안에서
꼼꼼히도 찍은 움지문들

종이접기를 펴듯
웅크려졌던 잎새 하나, 꽃잎 하나가
햇살이 빗자국이
조근조근 나리고 나려서
나리꽃이 되고
수줍은 볼 터치는
진달래가 되지

봄은 더 커진 시야로
하늘을 보여주고
부지런히 알바하는 나비와 꽃들이
후각세포에 시작하는 삶을
펼쳐 보인다

언제부터인지 모를
봄 나래는 잠깐 고른 낮잠처럼
소풍처럼 왔다 간다

낙엽이별

낙엽 짚신 지그시
바람결에 햇살 손가락 사이로
흩뿌려져

자신의 출발점에서
이제 막 도달한 마라톤

부서지는 마른 잠들

갈퀴가 움켜쥔 낙엽의 삶은
고되고 각각의 색을 잃어버린
한 때의 추억 꾸러미

가을의 환상처럼
가을비에 버무려진 샐러드처럼
내 발끝을 시리게
안겨대는 애정결핍 낙엽들

잠시만의 색감이
다시 마르도록
가을바람이 벼랑처럼 차다

봄빼닮은 연두

겨울 옹고집 차가운 영감이
쭈그려 앉아서
꽃샘추위를 몰고 와도

4월이면 벌써
살랑대는 봄바람이
겨울 영감 궁둥이를 살살 간질인다
어서 저기 먼 북쪽으로 가라고

벚꽃이 피었다 진
분홍 동전닢 같은 꽃잎들이
바람에 흩날리는 건
생머리 여자애에게 첫사랑을 빼앗긴 순간
그 찰나의 뇌에 착각이라 해도

연두, 연두빛
색도 곱게 작은 응원봉같이
나무의 분위기를 변신시키는 건

옳다쿠나
봄이지

연두의 순함이 봄을 빼닮았네

전시회에서

도시에 세워진 각양의 색채가 충돌하고
붉은 양귀비꽃과 햇살이 나무 사이사이
기대 있는 작은 부스 안

성의 없이 걸렸던
작가 그녀 1의 인내와 열매인
하나하나의 경건함이
조각 조각들의 말에 따라서
조율되어서 가장 빛나는 곳을
찾는다

전시회에 순간순간이
생생한 촉감과 호흡으로
강하되 여린 그녀 1의 마음을 닮은
네모 빛 미소

씨앗의 영감을
일궈놓은 그곳에서
그녀 2와 그녀 3이 만나다

오랜만에
나무 빛 카페에서
꽃이 도드라진 그림 위
계단 창가도 없이
고즈넉한 곳에서

그녀들은 삶에 저작 운동을 하고
흑파랗게 빨래를 한다

고된 또는 아픈 면면이
흘러가는 유머와 다정한 말들로
씻겨나간 다정함이
그녀에게 스며들어서

떠돌던 마음의 추를
다시 달고
그녀들은 집으로 직장으로 전시회로
따로 가지만
울음막을 깨친 아기처럼
다시 일으켜지려고
움직인다.

벚꽃잎이 지면서

결혼식장 양옆의 꽃장식처럼
하늘가에서 화려하던 벚꽃잎은 지면서도
길가에 머무르면서
초록빛 5월의 길이
분홍 잎을 밟고 오라고
바닥에 깔린 카펫같이

봄날의 추억이
찰칵 새겨진 그때의 나로

눈물로 흐려졌던
뺨 붉게 뒤척이며 떠올린 이름

아프게 왔던 봄이
새로운 따스한 까까머리 새싹들로
푸릇한 반창고가 뗄 새도 없이
떨어졌던 첫 마음, 첫 사랑 같이

헌 비행기 여행

비행기가 느리게 바퀴를 굴리고
비행기 팔 끝을 바라보면서
귀의 먹먹함이
구름이 몽실 피워내는 하늘의 흰 빛 스타인 글라스

무시로 쫓던 곳에서
내려다본 위에서 찍어낸 문신같이
강, 들, 건물들이 짜깁기한 돗자리마냥
펼쳐져 있어
기압에 엎치며 덮치며 헤치며
작은 의자에 바짝 붙어 앉은 머리들이
도착지로 마음을 달음박질한다

하늘까지 닿았다가
땅끝까지 긴 꼬리 길이
실크로드처럼 아련히
나의 보석함이 되어

철도길 옆 선물

상봉동 고향 집 낮은 담벼락 뒤
철도길 덜컹덜컹

땅거미 질 때까지
덜컹 더르컹 덜컹

그 소리와 함께
땅따먹기와 구슬치기
고무줄을 하는 친구들

그 속 섬처럼 한 아이
엉덩이를 쪼그리고 앉아서
기차 꽁무니를 잡을 듯 말 듯

까맣던 무릎처럼
석탄들을 실은 열차가
마디 마디에 긴 이야기를 숨기고
설레는 분홍빛 꽃주머니 사이 사이로
부지런히 철길을 실뜨기처럼 갈 때

초점 없는 촛농 가득한 촛대처럼
내 마음은 고요함이 내려앉았다

부쩍 자란 마음으로
중년에 흰 머리를 세며
월계동에서 집 뒤 덜컹덜컹

어릴 적
안개 같은 추억들이
지붕 없는 지하철역에서
빼꼼히 다시 펼쳐진다

밀물처럼 아렸다가
썰물처럼 아름답게

개천 이야기

바람이 개천을 만지작거리며
뇌의 주름 같은 표면의 물결이
한 겹 한 겹 다가와서
양귀비 잎새에 고운 색감들이
가까운 초록들의 이야기

아기의 발자국
어른들의 소란한 발자국
자전거길 사이로
부지런히 계절이 드나들고
솜털 같은 봄과
뜨겁게 모자와 선글라스를 타고 다니는 여름과
딱 적당한 때 가을.
추워도 낭만이 쌓여서 눈사람 콧망울에 앉은
아이들의 겨울

우리란 공간에
작은 새들이 작은 나무들이 풋나물들이
고요히 같이 희곡의 연기자가 된다

겨울 아이스크림

차디찬 혀끝은
목구멍에서 치미는
냉대에도 나름의 운치로
말린 넙치 조각처럼
눈이 몰리는 짜릿짜릿
움찔움찔

세상사 통치듯이
입 밖으로 내밀지 못한 것들을
욱여서 들여보내듯이

내가 당했던
몰염치와 수치에도
달콤함을 건배사로 보내본다

계절이 느껴지는 서늘함이
내 손끝에 물들어서
한바탕 놀부 어펀네가 홍부 주걱으로
때리는 것처럼 스트라이크를
몽상해 본다

초여름 날씨

갓 여름이 보내온 바람에게
각자의 손짓으로 편지를 보내는 잎사귀들

초록색 연둣빛
글쓰기는 잎을 잎대를
싱싱생생 살아있게

저마다의 머리카락이 원하는 대로
흩날리듯이

꾸밈없는 문장들이
부딪혀 대면서
네게 속삭인다
토끼와 앨리스처럼
시곗바늘을 쫓는 나무구멍으로
숨어 들어가 보라고
당황스럽게 들어간
자연의 눈 사이에서
쫓아오는 트럼프들의 헐떡임

사이로 속 시원히 바람들이
나를 안고 흥분하는 심장 소리
솟구치는 나의 에너지들

트럼프 여왕의 검은 촛대를 가진 소녀가
까만 눈을 밝힐 때까지
아래에 뭉쳐 있던 더위가
까슬한 선선함으로
코끝에 감기가 찌르르

외향적 초여름의 바람과
내향적 서늘한 밤공기가
오늘도 손잡고 회전목마 속
오르내림 같은

콧물과 함께하는

아이와 포켓몬 여행!

바람이 5월을 나부끼게 하는 초여름

사춘기 아이의 자전거 타기에
꼬꼬닭처럼 아이를 안아선
엄마도 나선다

포켓몬 이야기를 하니
아이는 대화다운 이야기를
엄마에게 안긴다

꼭 어릴 때
눈 오는 어린이집 등굣길을
파이팅! 파이팅! 하면서

두 손을 잡고
넘어질 뻔한 엄마를 잡아주고는

엄마 내가 엄마 살렸어.
하던 아이 같아

엄마는 설렌다

아이가 너무 작아 아프고
에인 가슴이 내 탓인 것 같아서
자전거 뒤편을 쳐다보고 또 쳐다보고

아이에게
잔소리하는 것이 직업인 엄마가

그래도 언제나 아이는
이쁘다고 오늘도 끄덕인다

마음속으로 깊숙이만

뜨거운 낮 식어가는 밤

5월의 장미가
날개를 뿌리치고 화려함을 흩날리면서
지는 이제는 여름이구나

해가 지면에 뜨거운 발자국들을
아지랑이로 아궁이처럼 피워낼 때
뜨끈한 자동차 안 공기 같은
낮은 맹렬하게 돌진하는
충돌 속 휘몰아침에 아우성

퇴근의 차 꼬리가 늘어설 무렵이면
차츰 온도도 내려서서
밤은 식은 채로
바람을 쓸어 담는다

주름 같은 세월이 한숨 흘러
중년의 호흡이 거칠게 쓰러진다

뜨거운 낮 식어가는 밤에
파랗게 야윈 새벽만이
그들을 보고 있다.

환경아 미안해

플라스틱 샴푸통을 보면
하루에 쌓이는 재활용품에 플라스틱을 보면

커피숍 빨대가 가득 쌓인 쓰레기통을 보면

하루에 한 개씩 쓰는 마스크가
동물들에 발에 엉킨 것을 보면

작은 아이들이
내일을 달라고 외치는 플래카드를 보면

점점 사라지는 봄과 가을 대신
여름과 겨울이 길어지는 우리나라를 보면

한 때 입고 패스트룩으로 버려지는 옷들을 보면

너무 많이 먹고 너무 많이 남겨서
음식물 쓰레기를 가득 버리는 나를 보면

환경이 아픈 건
나 같은 무심함이라는 것을 알면서도
내 내면을 보면

죄책감을 없애려고
조금 플라스틱 사용을 줄이고
종이 빨대를 사용하고
마스크 끈을 떼어 버리고
버리는 옷을 줄이려고 미니멀리즘에 도전해 봐도

환경에 잘못한 나는
아이의 미래에 잘못한 나는
변명뿐이다
진심이 없어서 더 미안한

그래서 더 안타까운
환경아, 미안해

나무와 자유

나무가 오랜 세월 동안
힘찬 팔뚝 같은 밑동으로 온갖 것들을 받치면서
나이테 한 겹을 둘러치듯이

외향성과 내향성이
서로의 가시로 갈증으로
부딪히고 얽혀대면서

공고한 단단함이
물을 잡아끌고
움들을 까맣게 비니처럼
돋아났던 봄들이
겨울의 꼬리뼈를 잘라내고 나면

어느샌가 여린 초록, 심지가 굳은 초록들이
5월의 자유 연가를 나부낀다

모든 고독에게
삶의 결을 만져보라고 점자처럼
화르르 잎사귀들이 인사한다

어머니의 길..

나뭇가지들이 긴 손톱
반짝이는 초록 잎새
얼개처럼 손가락의 마디 사이

하늘에 평평한 마루를 자리 잡고
그 위에 층층이 얹은
무지개떡
소나무

그녀는 예전 집이 좋다 했다
딱지치기하듯 낮은 문간의 초록 지붕

그 뒷길
곰삭는 것들이 가득하고
사계절의 표정이 묻어나던
새초롬했던 새색시 그 얼굴

하루 같은 설거지가 끝나고
밥하는 틈틈이 눈으로는

산책길을 바라보며
온전한 포근함으로 내지르던
어머니로 일탈을 잠그던 그 시절

푸르스름한 뼈대만 있는 그녀는
훤히 보이는 그 충만함으로
자리 잡고 서 있다

신랑은 나의 토르의 망치

쿵 하고
심쿵했지만

지금은 힘든 세월 같이 나누는
심장 어택 토르의 망치

토르는 세상을 다스리지만
나는 가정의 평화를 지킨다

흐린 날처럼
밀려있는 설거지와 청소

쿵 쿵 콩콩.

시작하련다
힘들지만 나의 망치 한 방이면
으쌰 힘이 나서
반짝이는 우리 집!!

가을 망향가

아파트 앞 블로킹하듯이
위로 손 뻗은 나무들
여름을 지나 가을
쏟아지는 붉은 노란
다른 의미의 빛 무늬 카드 섹션
점점이 일어섰다 흐려졌다

고독이 내 뒤축을 허물 때마다
아스라이 삶의 무늬가
삼켜온 지문처럼

쓸려온 마음
바람결에 진열된 종착역이 없는
회귀로 굽는 머리

고향은 서울
그러나 아스팔트 틈새로 본
나의 찬가는 뿌리를 두지 못한 망향가

파손위험

제 어린 마음이 깨질 수 있습니다
파손주의

내 눈길이 끝나는 곳에
내 넝쿨 같은 마음이
당신을 향해 심장의 폭풍 호흡이
쫓고 있음을

카톡 1만을 바라보고 체크하면서
당신 얼굴을 뿌옇게 새기다가
당신 미소로
살짝 연애편지라도 본 것 같이
뾰루지가 입가에 나서 부끄러운

그렇지만
파손주의

책 발자국 여행

당신께 다가가기에는
제 눈에만 담는 당신
아리고 사랑하는 당신

짝사랑

감정을 머리맡에 두고
점자처럼 읽어내리다가
꿈처럼 그대로 두근대 두근대

나를 얼음처럼
얼음에 닿은 입술처럼
차가운데 너무 시린데

아직은
나만이 연리지 같아

당신에 대한 마음이
당신에게 뻗는데
아릿해 아릿해
당신은

당신의 눈길은

매서운 그 거리만큼
나는 서서 나아가려 애쓰고
당신은 곱만큼 멀어지네

굽이친 가슴이
수없는 눈물 자국

끊어낸 연결점에 그대를 밀폐시켜서
가끔 훔쳐볼 거야
아파도 아파도

세모 네모 손잡기

세모랑 네모는
어떤 조건도 속됨도 없이
양 끝의 손을 쥐고 있다
대립도 원망도 없이

세모의 선들은
자신의 팔을 뻗어
다른 선들을 지탱해 주고
서로 의지한다

어그러진 관계와 미움과 오해는
줄곧 사람만의 것이었다

질투와 성냄도
아무리 분칠해도 보이는
찌푸리게 하는 그들의 민낯

아프다는 사람의 표정을 잃지 못하는
우리는 세모처럼 네모처럼

기도하고 자욱한 안개를 헤쳐야
그래서 결국에는 전쟁도 막아낼 용기도

제3의 눈

누워서
천장들의 얼룩을 보면서
사람 얼굴도 찾고 귀여운 동물도 찾았다

부모님은 다투고
끊임없이 깨지고 있었고
그 균열이 닿지 않는 곳으로
나를 몰아갔다

이불이 보호해 주는
안락감이 낡은 홑청을 매만지고
불안을 위해서
무엇이라도 해야 했다

그때도 지금도
뾰족하게 날 선 당신이
버겁고 아프다

당신의 얼굴에서
무늬를 찾는다

화가 나지 않은 무늬
짜증 나지 않은 무늬

그래도 오늘은
그대의 그림자가 아니라
온전히 삐딱하고 싶다

다독이는 제3의 눈으로

물구나무하고 있는 연필

머리부터 메다 꽂힌 듯
물구나무를 하고 있는
나란한 연필들

깎인 뾰족함에
네가 찔리지는 않겠지만
난 좀 아파

네가 키우는 세상을
그리는 나의 머리를
널 똑같이 그리고 있지만

실은 난 더 삐딱해

나는 너의 생각을 닮고 싶지 않아

책 발자국 여행

네가 깎아내린 내 고통이
날 씹어 삼키게 해
부러지게 해

지금도 아프고
뾰족해
많이 아파

카시오 시계

레트로 카시오 시계는
정시마다 톡 하고
내 귀를 트이게 한다

시간의 틈마다
한 시간의 세속에 시간이지만
시계 톱니바퀴는
한 번 한 번씩 서로 어깨 점을 맞추고
균형을 지키면서
한 호흡, 일 분, 한 시간이
채워지는 모래시계를
일상에 소복이 채워준다

내일 아침이면 비워졌다가
다시 반대 방향으로 흐를 그 시간

허수아비처럼
시간에 쫓기면서도
달리지 못하는 순간들을

끝없는 개펄에 빠진 듯해도
엑셀을 밟아 보라고
이 작은 세계가 말한다

얽힌줄

마음에 괴로움 줄이
얽히고설켜서
삼키지도 소화되지도 않고

저의 숨을 갉아먹고 있어요.
애벌레처럼 꿈틀대며
건강한 자신을
삭게 해요

흐린 날 비 오기 전처럼
찌든 날 찌푸린 날

굵은 빗줄기가 내릴 때까지
저는 마음을 치고
아프겠죠

주님의 곁으로
가나안으로 가기 위해
헤매던 저의 십자가 길은

주님만이
끝내실 수 있어요

맑은 눈동자로
절 바라봐 주시는 주님만이요

제 입술의 갈급함
아시면서도 견딜 수 있다 하시는
주님께만 기도할 수밖에요

하루하루
기도할 수밖에요

새로운 날을
위해서요

무너진 마음

방수공사를 어설피 한 마음에서
허비된 시간이
흐를 낙수대가 없다가
무너진다

파편들 속에
분노가 섞여 들고
불꽃이 솟아올라서
화기에 가슴이 헛헛하다

나의 이름은
돌려졌고 꿰맨 살점들이
아득히 아프다

비난이 쫓고
넘어짐에 이빨을 드러낸다

억울함에 수없이 썼던 나침판이
유혹의 자성으로 쓸모없어졌을 때

실은 의무도 권리도 없는 존재
그러나 실은 사랑이 고팠던 존재

쉽게 마침표와 쉼표를 찍다가
흔적이 뱀처럼 사라지고
뱀 가죽을 뒤집어쓴 모습으로
허세 있게 무대에 나간다

아픔과 괴로움을 묻혀
튀어 나가면
눈과 귀가 없는 영혼들이
입만을 가지고 떠들지

나에게서
눈을 거두고 귀만을 준 시가
말하지 말라고 톡톡
어깨를 두드린다

그녀와 낮잠

조각난 달을 입에 물고
낮은 베란다에 햇살이 갈퀴처럼
안경알 시야를 드리우는

그늘 수박을
시간에 따라잡아 당기듯
크게 했다 줄였다

가을의 낮은 어느샌가
여름내 밤과 꼬리잡기하다
이제는 지쳐서
밤이 그윽하게 차오르는
서러움도 차오르는

물들인 나무들이
소리 없이 웅성거리며
흩뿌린 낮의 물감은 아리따워
펼쳐놓은 나뭇잎도
그녀의 입술이 꿈처럼 떨리는

담쟁이 넝쿨이 손내밀 때

담을 조금씩 조금씩
파이 끝처럼 먹어대면서
손을 내밀 곳을
내밀한 이야기를 함께할 곳을
뻗어내는 잎끝에 긴 인연을
자라 자라 뻗은 퍼진 연싸움마냥 엉킨 줄기들

풍성한 곱슬 잎사귀에
초록을 안은 하늘은
가깝고도 멀어서
스삭거리고 걸어 다니는
사람들 얼굴을 힐끔거리면서
진한 눈동자들에
살짝 담쟁이넝쿨 어깨동무로
닿고 싶은 우리들의 우정을 안아주는
꼬부랑 글씨들

부루퉁한 서랍들

아빠의 성난 목소리
이웃들의 무시
필터링 없는 아이와 부모의 편견
친절을 가장하고 다른 탈을 쓴 사람들
서랍으로 탁 닫고 싶은데

분란한 마음은
침전되는 무게감이
끝도 없이 소금을 만들다
가라앉는 배 같다

나만의 서랍에는
아기의 옹알이
나비의 날아다니는 길
감동한 음악
책들의 합창을 담고 싶은데

악은 속삭이고
아픔은 네 잘못이라고 헤집고 나와서
밀봉된 괴로움을 터트린다

같은 곳을 바라본다고 느꼈던 사람들도
조금씩 다른 곳을 바라보고
낡은 서랍은 모래 개미굴 속에
빠진 듯 허우적거린다

그럼에도 불구하고
마음의 넝쿨은 갓생을 외치며
또 다른 서랍을 만들어 댄다

인내와 단꿈을 꿈꾸면서

고독의 출처

또르르
쏟아지는 낙엽 거리
나의 닳은 뒤축이
지문처럼 뭉갠 자리 자리

하늘은 맑음을 꿈꾸는데
부연 내 얼굴은
책 속 잃어버린 아끼던 책갈피처럼
어딘가 알 듯 말 듯 한
나이가 켜켜이
먼지가 켜켜이 쌓인

구석의 명함
그 사이로 삐져나오는 허무의 구멍들

꾸려나가는 삶이
곁에서 재촉하는데도
나는 뒷걸음질
맴돌다 맴돌다

다정한 사람들
목각인형처럼 감정 없는
마른 푸석함이 엉어진 눈가 그늘

고독의 출처가
꼬리표처럼 줄줄이 사탕처럼
이어지는 가을 그때

나랑의 인연으로

첫 떨림과 첫 마음으로
두 분의 눈맞춤과 사랑의 반지에 교환
결혼이라는 인생에 축하와 가장 빛남을
함께하는 고귀하고 행복한
풍성한 부케같이 고운 신부님
듬직하고 지혜로우신 신랑님

하트가 반쪽이
서로 맞잡은 모습처럼
아름답게 시작하는 이때

때로는
뾰족한 마음이 느껴지고
서로가 낯설게 느껴질 때도

두 분이 만들어 가는 삶에는
어떠한 어긋남도
어떠한 고난에도
견딤과 포용과 인내의 시간이

책 발자국 여행

함께하시며

지금의 사랑이
세월 흘러서
드라이플라워의 아름다움처럼
서로의 성장과 회복의 시간 또한
따라오시길

그리고
영화롭고 평안하며 기쁨의 시간들이
넘쳐나시길

귀한 분들 사랑으로 엮어진
양가 부모님과의 사랑으로
두 분이 더욱더 가까워지길

복에 복이 더 하신
결혼생활 되시길
기도합니다

꿈

혼자 있는 시간
참았던 침울함이
새벽 울대를 타고 올라와
울음을 치며 들게 하던 우울 발자국

그러나
침묵하는 어두움 속에서도
꿈결같이 찾아오는 낱말들이
흩어지는 나를 붙잡고 서서

나를 견디게 했던
맑은 하늘 얇게 펼쳐진 비늘구름을
생각에서 데려와서
시를 읽어 내린다

베틀 같은 엉킨 솜들이
엮이고 엮여서
나의 날 선 아픔도
다시 일어설 횟대가 되는구나

책 발자국 여행

시가 지나가는 시간
나의 꿈 한구석이
조금씩 맞춰져 가는 피어난 마침표

보리차

연탄보일러
새벽마다 가는 엄마 부스럭거리는 소리
까치집을 얹고 희미하게 바라보면
뜨끈한 이불목만큼이나
따듯하게 보리차가
입김을 후우 불어댔다

보리를 볶은 향이
아침을 깨우고
앗차 먹다 입천장이 데어도
고소한 풍미가 입 안에
잔잔히 혀끝에 남아서
노란 주전자가 씩씩대는 주둥이에서

또 한잔
거하게 마시고 나면
겨울 별미 동치미와 푸른 하늘 은하수 하듯
겨룰 수 없는 재미였다

정수기가 쫄쫄 대고
삑삑대며 차가운 물을
깍듯이 정량을 주지만

아이도 할머니표 보리차는 엄지척

할머니 댁에서
데리고 온 보리차는 소리 소문도 없이
텅 빈다

그리고
그 곁에는
나랑 발 사이즈마저
똑같아진 머슴아이가
그때의 감성이라도 아는 듯
쿡쿡거리고 보리 향을 음미한다

테이프는 여전히

어릴 적 군데군데 금 간 기억의 시계
친구들 이름도 까무룩 해서
짙고 짙은 어딘가에 싸매둔 기억

친구가 좋아하던
Ref 사진을 붙여 만든 종이 필통

모델, 텔런트
사랑하는 만큼 붙여둔 잡지 조각을
단단히도 붙인 붙박이 추억 조각

서울 리어카에 흐르는 Ref 카세트테이프를
친구에게 전하니
짝퉁이라고 손가락질하던 다른 아이들

친구가
진퉁도 있다며
그래도 내 테이프를 슬쩍 넣는다

미안함과 쑥스럼에
횡단보도 가운데에서
빨간불이 된 것처럼

그래도 지금도 Ref는 잊히지 않는
박제된 노래, 박제된 한 컷

리어카에서
둠칫되던 그 시간의 테이프는
계속 감기고 있지

눈꽃 ❄

눈이 나리고 나린 후에
슬픔의 까만 속눈썹이 짙게 쌓인 눈에
울듯이 번진 마스카라 같은
언 눈

속정까지도 얼어버린
눈꽃이 섬섬이 고운 그녀의 머리카락을 얼린다

모든 아름다움도
시계의 한 점에서 널뛰기하면
일그러지고 비틀어져
마른 목소리로 갈라지고
그 틈으로 수없는 인생철학이
민들레처럼 피며
이제는 봄이라

이제는 어제의 추위 대신
가벼이 씨앗들이 날아다닐 차례라
아우성치겠지

그래도
네 잎 클로버처럼
행운처럼 박제되지 않는
눈은 언제나 맑고
새로워

그 발자국들은 신나있지

회전목마 케이크

어두운 초콜릿이 녹아내린 밤 하천 다리에
헤드라이트 밝힌 케이크 장식이
회전목마처럼
돌고 돈다

불빛이 고개 숙인
하천에 다리에 또 위에 걸쳐져
삼 층 회전목마 케이크는
잔상의 울렁임이 태엽 소리도 없이
하천 위 다리를 느긋하게 장식한다

내가 한번 답답한 숨을 후욱 부니
하천이 파르르 물이 차오른다

쪽비녀를 꽂은 장미길

장미 잎을 모은
장미꽃을 비녀를 꽂아둔 듯
붉게, 핑크빛, 흰색 아프로디테의 목에
화관처럼 받치고 서서
무릎을 꿇고 프러포즈하는
샤이남의 손 같은

장미 넝쿨의 고백에 낭송들이
점자처럼 번지며
이야기를 만들어 내는 셀카 웃음
그 명소에

너도나도
5월이면 뚝방길 넘실넘실
장미축제

초여름이 살짝 어루만진 장미길

5년간 액자에 담긴 결혼사진이
그들의 이야기를 엮어냈다
티아라를 어색하게 얹고
아이보리 빛 단아한 그녀는
드레스 끝에 넘어지면
그는 또 그걸 잡으며
짧은 버진 로드를 걸었다

바이올린 소리는
합동이라는
5쌍의 부부를 풀어냈다

5년 동안의 결혼 생활과
50년 동안의 결혼 생활이
미끄러지듯
하얗게 비친
웃기 바쁜 신랑과 긴장한 신부

소프라노 음악 높이보다도
그들의 사랑스러움이
높은 음표

중랑천 그 계절의 일대기

봄, 여름, 가을, 겨울의 이음새를
통과하는 중랑천

중랑의 얼굴 중 하나
자전거와 활기차게 걷는 시민들이
개천에서 풀어놓은 오리와 잉어의 헤쳐 나가는 선을
뒤쫓으면서 풀숲에 뿌리내린 초록에
눈가가 시원하다

봄이면
새싹과 눈뜨는 움, 개나리와 진달래가
곱게 한복 저고리를 뽐내듯이
색을 뽐내고

여름이면
아이들이 중랑천에서 얕은 물가에 발을 담그고
조금씩 자라나는 방학을 챙기고
어른들은 아이들에 웃음 한 조각 구름 한 조각
청명한 마음을 베어 문다

가을이면
지는 계절을 낙엽을 밟으면서
그 소리로 곧이어 겨울이 들이닥칠 것을
예감한다

세찬 바람과 개천의 얼굴을 굳게 하는
겨울에는 중랑천도 썰렁하지만
그래도 삶을 지키는 사람들이
추위를 짊어지고 걷는다, 뛴다, 호흡한다

상봉동 그 달

변두리 기찻길 옆
중랑의 옆구리에 품은
어릴 적 나의 작은 세계, 상봉동

기차가 덜컹대며
기찻길 옆 작은 집들의 불들을
시샘하듯 지나치던 곳

고무줄놀이와 공기놀이와 딱지놀이가
아이들의 그림자를 늘리도록
떠들썩했던 골목길

굴다리에 들어서면
어두컴컴함에 두려움이 바짝 쫓지만
학교 앞 레코드사에
신인 가수 LP가 멋들어지게
전시되던 곳

집 앞 흙길에서
작은 발을 돋아
달을 쳐다보며
그때는 이름이 다 같았던
해피와 진돌이를 만졌던 그 시절

아날로그의 시계추가
흐르던 그 시절

마른 꽃다발, 일은 맹세

꽃송이 만질 때
꽃송이 후하고 호흡을 줄 때
신은 살폿이
성전을 세우듯이
꽃대를 세우고
꽃잎을 여며 들어서
속삭이는 꽃봉오리

사랑해
너는 꽃만큼이나 아름다워
소근소근

그대가 지닌 햇살 같은 연정을
품에 안아 들고
그 시간을 거꾸로 매달아
꽃 말리는 시간 동안
각자의 꽃대가 기념비처럼

잦아드는 아련해지는 안개꽃 같고
어느 가시에 찔린 듯
선연히 아파서
아름다웠던 기쁨도 새하얗게 변심하는

너와 보았던 부서지는 파도
그건 아무것도 아니었지

삐뚤한 절벽에서 다시 안 올 맹세를
틀어막은 수많은 약속들
부서지는 꽃다발
거꾸로 선 잠망경같이 어둡게 파리한 클로징

가족의 향기

손가가 까실한 아내이자 엄마
소처럼 선한 까까머리 신랑
아이는 이빨이 빠져도 웃고
새 이가 나아도 웃었다

꽃이 향기가 나려면
흙을 움켜서 흙을 부수고
뿌리의 손끝을 뻗어
줄기 대를 하늘에 붓처럼 흐느적 써야 한다
가족은 옹기종기 꽃줄기 대들

가족이 온전하다는 것
같이 살기만 하면 모르는
사춘기 낯빛

엄마는 꽃같이 이쁜
신랑과 아이를 그려보려고
발뒤꿈치를 뻗는데

책 발자국 여행

오늘도
이러쿵, 저러쿵
안 맞는다고
뿔난 성질을 자신의 마음에
상처로 삭여 넣어서
좋은 것도 가족, 힘든 것도 가족

그래도
좋아, 좋아.
바람에 우리 가족 향기가
어디까지 날까나

바늘

땀땀이 앞서가는 바늘을 뒤쫓아서
내내 꼼꼼한 아이들의 바느질을 흉내 내기 바빴던
고등학교 실습 시간

손바닥만 한 저고리는
제멋대로의 나만의 눈대중으로
꽂혀대는 바늘과 실이 나란히 나란히가
안되어서 삐딱한 줄 하나하나

교장 선생님 훈화 말씀에
지루하게 널브러진 학생들 줄처럼

앞섶부터 저고리 단까지
어설픈 느림보 바늘은
길고 긴 실타래만 애타게 끊다가 잇다가

바늘에 꿴 실이
늘어지듯이 괴로움과 싸우던

지각한 저고리가 내 던져진 내 마음처럼
구겨져 있었지

음악 분수대 ♪

어린이 공원
분수대에 시간마다
음악과 아이들 환호성이
무지개 반주처럼
음표 꼬리를 타고 올라간다

오늘따라
코끼리는 커다란 궁둥이만 보이고
긴 코는 숨기고 서서
아이가 애태웠는데

땡볕 끝
음악회는
아이들 젖니가 환해지도록
물살을 뿜고 기쁨으로 적신다

개구리 휘파람

하늘을 올려다보며
구름 따라 휘파람 바람
형아처럼 불고 싶어서

입을 오므리고
숨을 내뱉어도
멜로디 돌담길 밟지도 못하고
주춤주춤
푸석대는 아주 아주 설익은 밥 같은 소리만

침만 뿅뿅뿅
쏘아대다가

개천 바닥에 성질나서
퍼붓는 돌멩이에
개구리는 배 터져라
개골개골

미소와 꽃

꽃들이 손사래 치며
발갛게 말갛게
뺨을 물들인 개천 가
꽃다발들

가슴에 품은 모든 게 꽃다발

엄마의 기쁨도
엄마의 아픔도

아이가 발자국 크기가 커지니

환히 웃는 꽃다발

소담한 미소
두 모자를 닮은 뻐드렁니가
함께 걷지요

복숭아 방구

복숭아 과즙으로 물들인
아기 손수건

자기 얼굴만 한 복숭아향을
담뿍담뿍
아기 발꼬락을 벌리며

베어 물고
친구 강아지에게 던지면
으앙 덤벼드는 강아지 꼬리

방귀
고구마 냄새 군대를 북치게 하면

빠아암 복숭아 왕자님
엉덩이가 방긋 늘어지네

열린 길

눈이 먼저 안 길
산이 먼저 안 길

신이 산 사이 빼곡히 끼워둔 장기판 같은
초록 잎들이 두 손 사이사이
깍지를 열어 보여준 구름에 숨긴 콧망울

사람에게 쓸렸던
역사가 소곤대는
커다란 호흡을 줄다리기하듯
잡아 오르면
청설모 꼬리가 깜박한 도토리를
같이 찾는 소란스러운 길

그 사람의 열린 길
그와 나의 열린 길

엄마 꽃피네

색동 옷깃 빳빳한
무지개떡같이
아이는 설빔 보고
얼굴이 복숭앗빛 화과자처럼
말가니 발가니

일 년에 두 번 때 빼고 광낸
목욕탕 물에 분 손끝은
쪼글쪼글
그 손끝 만지면서

뿌듯하게 바라보는
어머니 꽁지가 다 배불러서
어머니 낡은 옷에도
꽃이 피었네

책발자국 여행

학교 도서관 곰팡내 나는 철제 책장 사이
제목을 보며 깃털 같은 표지에서
나를 여행의 터널로 인도할
깊숙한 회오리 그 점자를 더듬는다

작은 봉투 안
같은 경험을 나눈 이름을 살피고
조심히 펼쳐 든 책장이
곰살맞게 나를 안아주고
작가와 시야를 맞추고
그 마음 표면으로 서서히 들어선다

그가 만든 길로
그의 발자국 결을
움들이 필 때까지 다독다독
책들의 나이테를 휘감은 활자들이
내 숨에 꽃대를 꽂고

책 발자국 여행

나비가 앉아내듯 꽃심에 금빛 화분이
스냅스로 전이되어 짜릿함으로 필 때

여행길 뿌려 놓은 빵조각을 먹은 나는
달콤한 초코칩에 배시시 웃음이 넘친다

여행은 피로도 없이
가득 충만함으로 빛난다

머지에 눈물

형제같이 약한 나를 닮은
연약한 상처

옥수수같이 거친 잎새에 긁힌 응어리가
가지로 나무 둥우리로 커지고 커져서
마음이 쓰여 만지고 만지다가
닳아버린 접고 접은 언저리

검버섯처럼
검은 얼룩처럼
너울지는 소금기가
이성의 눈을 가리고

알러지 번지듯이
옹골아 매니 딱딱한 심장이
분노의 콧김을 뿜어낸다
악심을 품으면
먹처럼 나를 휘감는 검정 물들을
토해내고 굶주린 마른 진물이 흐른다

탁 트인 바다처럼
안아 들고 서로의 등을 쓰다듬을 수도 있었을 텐데
돌아보면 인연으로 쓰인 수없던
그의 인내와 두 가지 다른 얼굴에
잔잔하던 파도가 일렁일 때

긁힌 차가움
심장이 반쯤 먹혀서
쿡쿡 조여드는 되새김질하는 그 파편들

아려서
멍하게 흐리게
미움이라고 먹지에 밀어내 본다

이면지의 흰 갚털

네 팔을 재고 빼곡히 잉크가 스며들 때
쓰임새를 잃어버린 왼쪽 팔 같은

맞잡고 서 있어도
한쪽의 의미만 쓰일 거라 예상되었어

그런데
반전!

이면지로 다시 태어난 나의 흰 날개

스토킹 발다국

그녀의 시곗바늘의 그림자
나의 눈에 동체가 커진 것처럼
나비 같은 그녀 날갯짓에
쫓아가는 애증 그 분노와 사랑 사이

사랑한다고
모든 것에 내 빨간딱지를 붙이기라도 하듯
집착이 번지고
박제되어 버린 그 미소

그대의 거울 같은 나
그러나 그대는 도망만 가고
쫓는 발걸음이 가빠와

그대가 숨는다 해도
빼꼼하게 그 흔적을 훔쳐보는
돌아봐 줘 날 봐 줘
타격 같은 눈길 감각

새벽시 같은

눈동자 가득 푸른 담도 없이 너른 하늘
가을 나무 콧그늘에
잎색 가지들을 펼쳤다 접었다
둘레가 넓은 나무들이
얽어놓은 뿌리가 연결에 연결되어서
약했던 굽은 나무줄기에도
고르게 뻗은 내밀한 비밀의 속삭임

거친 아픔이
긁어내렸던 후두둑 후두둑
눈물샘 추위에 곱고 졸았던
쭈그려 앉은 그녀의 커다란 응어리에도
영근 열매는 그저 잘했구나 해주고
시간의 지혜로 합장하듯 올라간
나무의 숨결이
바다보다도 깊게 깊게
그루터기의 합창, 가지들에 부딪힘

뒤돌아보는 길과 내다보는 길에
흩뿌려진 봄을 예비하는 꽃반지를

새끼손가락에 끼워주는
가을도 내 마음도 새색시

ㅏㄹㅑㅇㅣ 막 잡을때

새벽에 남몰래 나팔꽃이 피듯이
내 입술에 파르르
인생에서 구깃구깃했던 것들이
찻잔에 차오르는 향처럼

꾸밈의 색들이
당신을 향해 설 때

달콤한 물음표들이
느낌표들로 수 놓을 때

당신께 다가서는
같은 곳을 어루만지는
꽃잎 결 눈길

그 마음의 바람이
차오르고 등을 맞대고 손을 맞잡은
그 나팔꽃

책 발자국 여행

이별이 남긴 행거치프

인연의 실을 혼자 짜내는
탱탱하게 연결되었다
길을 잃은 사랑의 시어들

곤히 잠들어야 지워질 수 있는 것들이
새벽에도 눈을 밝히며
우리라는 추억을 다시 비추고
헤집고 터지고야 마는
기억들이 새겨진 눈물 한 송이

등 돌린
그 사람
그 등을 바라보는
잔상들의 외침들 속

그대는 착륙한 그 마음 그대로
꽂힌 행거치프처럼
인생을 새롭게 뒤섞어 놓은
운명의 색

우크라아나에 등불

전쟁이 글씨로 썼다
다시 지우는 지우개가 있는 것도 아니고
그 땅의 사랑에
폭탄을 던지고
해맑은 아이의 가슴에
구멍을 뚫는 것이라는 데도

내 것만 내 것만 하는
아귀는 유혹의 진탕에서
총으로 땅따먹기를 한다

전쟁은 선량함에 핏대를 들고 가격하고
사람들의 양심에 촛대가
저렇게나 길게 서 있는데
독재자의 심술에 손바닥은
어디를 칠 건지

책 발자국 여행

난민들의 고통, 병사들의 신음 소리는
사탄이 교배하고 알을 낳는 동안
계속되리라

모든 전쟁은 이유 없이 사라져야 한다

버스여행

버스 안에 같은 또래 친구끼리
보글보글 말풍선을 만든다

버스 정류소로
버스 손잡이가 고개를 맞춰 흔들다가
바퀴가 느리게 멈추면

바깥의 공기와 함께
사람들의 이야기와 삶이, 시간이
쪼르르 따라와서
태그하는 그들의 얼굴을 밝힌다

같은 얼굴의 버스 노선표가
사람들을 흘낏거리고 보고
광고들은 사람들의 눈높이에 붙여져서
소소한 인쇄된 필름지를 건넨다

책 발자국 여행

지친 곤한 어깨가 내려앉다
고개를 수그린 자리에는

잠시만의 정적
파도가 가라앉은 모래톱
그곳으로 외출한다

아프지만 신나는 세상

예전 바른 벽지에 조그맣게 붙인 벽지처럼
다른 색, 어색한 동행

병은 골수부터
나를 바꾸고 소리가 뒤죽박죽
온유해지라는 말씀에도
무수히 쓸린 내 마음은
뭉개지고 너덜해진 낡은 보

그래도 구멍 난 내 가슴은
하늘을 볼 수 있고
숨으로 하루를 더 살아낸다

세상에 대한 알러지가 있어도
뚜벅이 나는 신발의 뒤축이
어긋어긋해도
긴 거리를 돌아보면 걸어왔다

다른 벽지라 할지라도
내가 꿰맨 심장이
다른 삶을 품을 수는 없을지라도

아프다고 말할 수 있는
나의 친구

어깨동무하면
그만일 것을

나만의 십자가 그 길에서
솔로몬의 옷보다 귀한 꽃송이 구경만으로
신나지

마스크대 〈⊟

표정에 색감을 무지개처럼 보여주던
입들이 모아이 석상처럼
쉼 없는 생동력들이
꼬리를 움직이지 않는 물고기의 썩은 눈같이

나와 네가
손잡기만큼이나 자연스럽던
입으로 무언가 공통의 지향점을 찾던

마스크의 꿈틀거림은
어떠한 울림도 없이

아이들의 옹알이나 말 배우기도
침묵 속으로

혀굴림과 입술의 움직임이
아름다웠다는 것을
결핍처럼 희디희게
아우성치는 마스크들 속에서

책 발자국 여행

정작 중요한 체크 사항들은
잊히고 잃어버려진다

혼자의 시간
혼자 마스크 속에 뭉개지고 구겨진 삶

접촉자란 말에
손끝을 놓치는,

마스크 시대

두 영혼 연리지

어딘가 버려진 영혼을
머리에 지고 산다는 건
꽤나 무겁고
모든 일이 침침하게 흐려지는 일이다

자라면서
쉽게 나의 행운은 흩어져
깊숙한 우울이 내 머리를 안고
숨통을 쥘 때

악마의 주사위처럼
그들의 언어와 숫자로만 채워진
열 끓던 청춘

가슴을 쥐어뜯어도
궁상맞은 재 묻은 아가씨는
어느 왕자님도 다시 돌아오지 않았네

입가에 미소라도 질 때면
질투하는 뾰족한 사춘기가
일그러뜨린 자화상

하늘에 노을을 보며
뿌듯이 누운 달의 꼬리는
푸근히 안겨서
님이라도 그림자라도
선뜻 비칠까

언뜻 어깨 넓은 그가
뻐드렁니를 환히 보이네
손깍지 끼고 가는 밝은 빛살 길

우리의 이름을 새기고
부단히도 견디며
느리게 걷는 연리지

땅의 노래

물구나무를 하면
누구나 똑같은 땅에 발 딛고 있다는 걸
느끼게 되지

실은 욕구를 위해 쓰고 먹고 마시고
배출하는 모든 순간에

삶은 그가 네가 내가
걷고 있는 그곳에서
시계처럼 시간이 돌아가고

견디기 힘들었던 순간들
악 소리를 삼켰던 순간들
행복의 순간들
흐트러져 있던 순간들이

짜집기 되어서
너의 시간이라 불리지만

그 공유의 시간에도
우리는 남인 듯 친구인 듯
무표정하게 나의 제국을 세운다

하지만
물구나무를 하면
실은 너랑 나랑은 다 약하고
아픈 존재들

사랑의 결핍이 응어리진
고독이 그 땅 그늘에 함께하지

신께 기도드릴 때
손이 하늘로 향하듯
우리는 땅의 존재일 뿐
안개 같은 삶에서
나는 너와 같이 물구나무를 하고
노래 부르고 싶어
목소리도 안 나오겠지만

그래서 더 가냘픈 나의 친구여

당신과 나의 땅으로 기운 우정이
다시 웃을 수 있도록
노래를 부르세

꽃집에서의 자유

검댕이 같은 마음이 묻고
머리가 복잡다단할 때

동네 꽃집에 간다

꽃 한 송이와 내 아픔과 물물교환

꽃 한 송이 한 송이가
묶이고 부직포와 비닐의 콜라보
꼼꼼히 밑동을 다 잡고 포장된 꽃다발

도토리를 입 안 가득 문
다람쥐처럼
충족과 만족

2부

찬양시

주님께로 열매 맺기를

한결같으심으로

제가 으앙 하고 첫울음을 터트렸을 때
엄마의 뱃속에서
제 머리를 내밀게 하신 손

제 키를 부지런히 재던 아빠의 키재기에서도
무럭무럭 저를 자라게 해주신 손

그늘 틈에서 무기력에
눈물지을 때
안으시고 닦으시던 손

회복에 웃음으로 미소 지을 때
햇살로 같이 하시던 손

그 한결같음으로 인하여
저의 넘어짐은 금세 성장으로 향하였고
저의 괴로움은 새로운 기쁨으로 함께하였네

그의 손을 닮은
나만의 지문이 이야기하지

십자가로 꿰매주신 하나님의 그늘

땅에서의 삶은
허망하고 허망해

눈물의 샘은
엉킨 고독에 짐 아래서
고되게 아파하며
짊어지고 가는 길

상처가 벌어지고
사람들의 소금기 어린 날 선 비난에
구름이라도 끼듯이
어디서부터인지 모를 근원에 대한 물음들을

십자가 길은
저를 안아주고
꿰매주는 찬양 하모니

하나님의 그늘 속
암탉처럼 품어주신 그 마음이
사랑이어라

가나안
땅의 일부

주에 의에 닿지 못하더라도
주님의 마음을 닮지 못해도
못난 삐딱함
예수님처럼 세상을 보듬지 못해도

그는 나를 위해
동행하시고
깨끗함을 잃은 질그릇인
나를 위해
눈물을 흘리시네

안을수록 따스한 봄 햇살 같은 주님

저는 세찬 바람을 맞고
때로는 스스로를 경멸도 할 때도

그는 그저 그 폭풍우의 눈
고요의 지혜로
저를 이끄시네

나를 사랑하심이
나는 알 수 없어서
안개인 듯한 세상 더듬더듬 걷지만
그는 다 보시고
넘어질 곳에서 같이 함께하시네

가나안
그 꿀과 같은 땅에서
저도 그 일부라고
손잡아 주시네

주님을 가슴에 품으니

꽃은 반짝 아름다우나
저는 시들고야, 마르고야 말아서
자라지 못한 등나무 줄기처럼

주님의 손길을 뿌리치고
어둠의 악에서
저 자신을 불을 통과하는 벌처럼
고통 끝 문둥이같이
제 마음에는 수없는 낙인

패배자는 아무 말도 하지 말라는
채찍의 눈초리

광야처럼 퍼석했으나
모세의 지팡이로
제 마음을 퉁 내려놓게 하시고
샘물 흘러넘쳐서

책 발자국 여행

실로암 같은 찬양이 실처럼 뽑아져서
저의 입꼬리가 살아있다.

함박 함박
살아있다, 기쁘다.
함박 함박

주님을 가슴에 품으니

기도는 나의 숨트임

기도는 나의 숨골 사이 흐르는 숨트임

막혀 있던 물꼬가
물길로 흐르듯이

아픈 삶의 정적이
내 얼굴은 그늘로 점점이
어두움에 휩쓸려서
주님의 소망인 불꽃조차
안 보일 때

나는 중얼거리며
맹인이 안개 낀 길을 걸어가듯이
주님께만 의지하네

그것이
시험이고 고난이라면
피하고 싶은데

그럼에도 불구하고
잔잔한 강 물결 고운 빛 자국처럼

반짝이는 주님의 영성으로
회복되도록
깊이깊이 기도한다네

넙다가 지기까지

움켜잡은
놓을 수 없는 욕망으로
번들대던 저의 눈

생명의 빛을 주님의 옷깃을 잡으니
주님 저를 실족치 않게 하시네

누구보다 완악한 마음
천금 보배보다 귀한 예수님 사랑
가로막았으나
두드리는 주님의 사랑이
덫에 걸린 다리를 치유하시네

아픈 마음에
날카롭게 쇳소리 내던 고통의 그을림도
사랑의 성령님에 따스함으로 채워지네

고독이
머리의 무게를 더하고

어둠이 나의 헐벗음을 삼킬 때도
오직 도와주소서 주님.
가련히 여기소서 주님.

그 말씀 따라 간 곳에는
샘물가요 주님의 등잔으로 빛나는 곳

주님과 내가
심장의 한 심실같이
하나 되어 나아가는 십자가 길

고단함도 주님 못 자국 뵈면
다시 주님 좇게 되네

그 동행의 발자국
기쁨이 해와 달로 비추네

주님의 인자하심 영원히

아기집이 생기기 전
주님의 한 호흡으로
존재함으로

저는 주님의 것으로
강으로 떠내려가 이집트의 왕자가 되고도
동족인 이스라엘을 위해
싸웠던 모세의 물결이

혀가 굳어
백성들을 이끌지 못한다는
자신감 없고 리더쉽 없다는
그에게 생긴 기적들이

인생에도 기적이 있고
기도 응답으로 변화가 있음을

동방박사의 별 안내 같이
제가 주님께로 향할 수밖에 없음을

책 발자국 여행

흐트러지고 미움 가득한 제 마음에도
기적의 감사함이 넘치길

살짝 긁힌 상처에도
과민한 저를 십자가 희생으로
온전하게 미소 지을 수 있기를

피곤할때의 기도

제 눈이 주의 말씀을 바라기에
피곤합니다

저의 십자가
제가 다른 사람에게 빚지고
괴로움의 무게가
물이 든 솜같이
느껴집니다

제 마음속의 아우성
들어감만 있고 나옴은 없는
정체된 이 공기
자책과 다른 사람들의 비난이

저의 우물이
그들이 던진 돌로 가득 차서
저의 인내도 사랑도
메말랐습니다

저의 작은 상처가
큽니다

주님의 십자가 자국도
바라보지 못하는 제게

주님께서는 위로의 찬양을
마른 입술이 축여질 수 있도록
주님의 마음이 다시 돌아오도록

크신 마음을
닮기를 원합니다

아프지만
마음의 균열이
그 속에서 새롭게 꽃피길
바랍니다

두 다리가 마음에 닿다

비난과 힐책에 곱아버린
차가운 마음결

닦아내도 닦아내도
얼룩진 거울은 닦이질 않고

눈물이 녹처럼 흘러내려서
웅크린 자리에
후두둑 엎혀도

주님을 외면하고
악의 그늘에 가던 장님

헤매다 만난 주님께서는
나의 골수에 고통까지도 어루만지시고

십자가 진 내 어깨의 고름들을
만져주시네

책 발자국 여행

허수아비 같던 영혼이
성령님과 함께 불같이 일어날 때

어리석음과 약함도 울음도
자수정같이 정제되서
아름다워지리

그것이 면류관

주님께서
가시관 씌우셨던 이유
십자가에서 돌아가셨던 이유

빙 돌아온 탕자는
환대에 아픔이 가라앉고
다시 딛고 서네

예수님의 십자가 구멍에 손 넣은 듯이

부정적인 것이 들어가지 못하던
주님의 지성소처럼

한나의 두드림
읊조리는 기도
괴로움 조각들이 심장을 쥐는 듯한
갈급함의 기도

그곳의 번제로 회개로
번지는 욕망의 고통을
감사함으로 포도주가 채워지고 채워지길

숭고한 마음에
피어나는 모세의 지팡이
손을 들어라
승리의 손을
팔이 아프도록 기대하며
환영하라

꿈들이 천국에서
에덴동산에 아름다움을 입은 우리가 될 수 있기를

분노와 성냄, 전쟁의 기운이
식고 예수님께서
구름을 타고 찬양에 맞춰 오시는 것을

예수님의 십자가 구멍을 만지듯
깊게 경험하고 사랑하리라

질 그릇이 신앙심이 넘치도록

저의 질그릇에 신앙심을
물 붓듯이 부어 주세요

저의 입술은
메마르고 거칠고
세상은 제게서
떠났습니다

저의 마음은 강도를 당한 것 같습니다

제게
물을 떠 줄 삶의 연장선이
필요합니다

신앙이 깨지고 금 갈 때마다
단단한 메마른 바위에
주님의 사랑이 솟도록
모세의 지팡이로
인내를 주시기 원합니다

책 발자국 여행

주님의 손길로
더러운 저의 죄에 그릇이
정결케 되고 새 삶을 담기 원합니다

주의 종으로
순종의 그릇이 되기를 원합니다

하나님의 바다

고통의 퍼즐이
고난의 터널이
맞춰지고 다시 뒤집어지며
주님만을 붙잡을 때

소리 없는 애가가
뼈들을 울려댄다
울음 그 지문이
곧잘 걷던 나를 넘어뜨리고 밟는다

무수한 사건과 화 속
멍든 멍에를 주님의 구속함에
화제로 바친다

누구나 보호받아야 하고
사랑받아야하는데도
내내 그림자로 서 있던 삶이
오직 주님의 사랑의 영으로
변화한다

그저 나이기 때문에
주님이 나이기 때문에
주님께서 안아 주심을 나는 안다

서글픔도
뻣뻣한 반항마저도
주님의 천국 안에서는
내가 시작한 곳으로의 초대

굽이친 강 끝에는
아버지의 바다가
오롯이 나를 기다린다

주님의 넓은 우산

비가 들이닥친 유년 시절
비 맞은 채로
추위에 까맣던 무릎은
웅크려도 숨을 곳이 없었다

주님의 넓은 우산을
그때는 알지 못했고
다만 행복하길 바라며
어떤 신이라도
내 이야기를 들어주길 원했다

누르고 눌렀던
외로움이 책을 보면서
책에 이야기를 재봉틀로
내 머리에 짜깁어 넣었다

부딪히는 이상과 현실에서
극과 극의 감정의 소용돌이

아무도
공감할 수 없는 극단의 절벽과 어둠의 물속

수없이 삼켜댔던 고통은
누구도 이해받을 수 없던
닳은 마음
절게 된 마음

그래도
삶이 내게 던져둔
이빨 자국이 친구와 동행자를 주고
십자가를 진 나는
날아갈 꿈을 꾼다

흐느끼는 숨결
다독임의 찬양으로
나는 태초의 나로 돌아가리
눈물을 흘리던 나는 추수의 열매를 받을 때가 왔다

징검다리 길

주님께로 가는 징검다리에
유혹의 급류에 휩쓸리지 않게 하시고

아픈 가시가
제 몸과 마음을 흔들고
인내하였으니
문을 두드리니

도움과 간구로
주님께로 나아갈 수 있도록

천사들의 사다리를
타고 오르내릴 수 있도록

오직 기도로
그 기도로

책 발자국 여행

눈물이 차오른
모래시계가 빠르게 흘러서
예수님께서 오실 때까지

하나하나의 돌을 밟고
아버지께로 그 품에
안기길 원해요

하늘 찬양, 주님께로

사력을 다해 뛰는 어린 양이
예수께로 예수 품 안으로 갈 수 있길

공포와 불안, 전쟁의 때에
기도하는 구름 기둥과 불기둥
인내와 견딤으로
가짜의 발자국을 쫓지 않고
기름을 예비하고
신랑이 오길 단장하고 기도하는 신부

고운 눈가에
천국이 영롱히 맺혀 든다

삶의 가치와 무게가
면류관으로 빛날 때

유혹의 여우는 태워지고
주님 곁의 아이들 닮은 사람들만이
남겨지리

아름다움 그 찬송이
세상에 하늘을 물들리

춤추며 나아가리

모든 것을 이루리라
하나님의 호흡 안에서
하나님의 믿음 안에서

예수님의 십자가 보혈
내 입술에 묻어
찬양하며 당신을 주님의 잔치에
초대하기를

아팠던 괴로웠던
가슴이 묵직할 때도
예수님의 선율이
제게 위안이자 사랑의 연결점

깊이 있는 지혜의 알곡같이
겨자씨가 자라듯이

수없는 시와 글이
주님을 그리네

온유함으로
평강함으로
7일을 주님의 뜻대로
여리고 성을 돌았던 그때처럼
언제나 보호하시는 십자가 길을
순종으로 걸어가 걸어가
신나게 춤추며

기도베일

기도로 짠 베일을 쓰고
문 앞 처녀들

밤은 길고
오면서 가득 채우지 못한 기름은
떨어져 가고
오직 어두움 속에서도
기름을 가득 채운 처녀들만이
찬양하면서
예수 신랑 기다리네

문이 열리고
결혼하는 처녀들은 지혜로
선택되어 천국의 나팔 소리 들어도
기름 가지러 간 처녀들은
깊은 어둠 속에서
울부짖네

사랑의 완성으로
기름 가득했던 처녀들은
암사슴과 같이 사랑받겠네

눈물한 소금

다른 곳을
바라보고 있는 유혹의 굴복자

휩쓸린 급류는
서서히 폐에 들어차도
무딘 호흡은
내내 진리를 곁눈질하면서도
사념의 검은 눈동자 안에서
헤맨다

중심점은
모래성처럼 흩어지고
녹은 얼음처럼 마음은 형체가 없다

뜨겁던 십자가가
슬프게 쳐다본다

구부러진 길을 동행하던 그 분은
보고 계시겠지

헤진 곳을 찢고 삼키며
무심히 아픈 곳이 찔린다

눈물 한 소금이
어느 때보다 무겁다

가난한 자의 영혼을 배불리는 쌀밥

햇볕과도 같은 삶을
더 높은 곳을 올라
가장 낮은 종으로서의 면류관으로
천국 가는 길 험해서
시기와 교만, 나쁜 천성들로
굴러떨어져
뿌리 깊은 씨앗 되지 못한 삶들 속에서

겨자씨만큼의 희망으로
주님에 대한 자람의 찬송으로
성실히 믿음으로 견고한 골리앗을
넘어뜨리는 그들이 주님의 제자

아픔의 파도가 덮치는 세상에서는
긴 고통이 통곡의 벽처럼
길고 긴 한숨으로
눈물을 읊조리지만

깡패 같은 치기와 사춘기도 지나간
중년의 눈동자는
깊이깊이 짙은 기도로
김 모락모락 나는 갓 지은 쌀밥 같은
사람과 영혼을 배불린다

가뭄과 풍요가 한 배지만
사람의 욕심으로 잃는 것 또한 많아
눈물 덩어리 소금 요정은
후회만 가득 안은 나를 닮았다

새벽이 눈을 뜰 때
예수님의 옷깃을 나는 잡고
날개 입고 하늘로 가겠지

어깨에 수용소의 번호처럼 새겨졌던
돌로 맞던 수치도 사라질 거야

천국에 당신의 다리가 있어요!

세상의 신이 붕어하고
균열 간 후
묵묵히 삶을 이겨내던 사람들의 눈물, 그리고 아우성들

겉에만 치장하고
가면 속 비웃음들이
쓰나미처럼 사탄의 혀가 훑어간 자리에는
아마겟돈 그 시작점

사탄의 잔치에 초대되어
마음을 꺾은 사람들이
공허히 교만의 바벨론 탑을 쌓을 때

두 번째에야
초대받은 여리고 약한 양들
주님 품으로
날개 얻고 날아오른다

영광의 나팔 소리
영광의 면류관
소박하나 빛나는 믿음의 증거들이
찬양으로 읊어지고
일곱 교회가 일어서서
사탄의 짐승들과 맞선다

알곡들은 거둬지고
불타는 쭉정이는 불에 타네

천국에 고요함으로 들어선
주님의 제자들

믿음으로 세운 그 나라
예수님 보혈의 지도가
사랑으로 인도하네

예수님을 닮은 형상으로 만들어졌듯이
그 성령도 예수님을 닮았네

열 방의 길을 배우디 말라

쉽게 난 큰길을 서성이다
사로잡히는 물욕에
침이 마르고
주님과의 관계에 금이 가고
독소가 퍼지는데도
화려한 삶을 사진으로 찍어대면서
행복한 척하는
새벽이 되면 공허의 무게를
눈 밑에 달고
수면제를 털어 넣는

좁고 가시밭길
아무도 가지 않는 길

주님의 옷깃을 잡고
눈을 감고 가야 보이는 길

그러나 등불 같으신 주님이
안내하는 길의 향기는

책 발자국 여행

천국의 포근함

종처럼 엎드러 한나의 기도로
고통을 주님께 읊조리고
진한 가슴의 멍울을
녹아내리게 하는
주님의 호흡이 출렁이는 파도를
멈추게 한다

뾰족한 심성과 불만들 고통들
모두 띄워 보내고
성령 충만의 감격이
목구멍을 치닫는다

천국의 주름 계단은 아깝게도
찬란하다

하늘의 사랑이
새 삶과 헌신을 배우게 하네

주님의 성막 안으로

주님께서는 숲을 보시고
저는 한바닥 나무를 보는 사람입니다

자라던 시기의 호흡과 사랑을 기억하면서도
심한 태풍에 흔들리고야 마는
저의 연약함이
숲인 주님으로 인해서
깊이 있게 뿌리내릴 수 있게 해 주서요

주님의 만나로
늘 배부르던

여리고 성을 돌던 걸음으로
순종하던

저의 주님에 발자국을
쫓고 싶어요

주님의 등허리에
안겨서 차가운 세상 풍파를
벚꽃잎이 흩뿌려지듯
잊고 싶어요

눈물을 흘리는 제 모습을 봐 주세요

두드리는 저의 심장으로
주님께 두드리는 저를 봐 주셔요

상처의 깊이에
이리는 다가와요
주님만이 방패막이에요
절 견고한 성막으로 회복 시켜 주세요

다윗의 기도 응답
우리의 기도 응답

겉으로는 골리앗이 무게가 있었지요
승리의 깃대가 휘호가
함께한다고

사울은
가장 작고 아름다운 다윗에게
자신의 커다란 갑옷을 주려 했지요
두려움만큼이나
티끌만도 없는 믿음으로
다윗이 가진 믿음조차 생각지 않고

그러나
달려드는 짐승에도
물매질로 넘겼던 다윗은
하나님의 사랑과 진리의 말씀을
물맷돌에 매달아
골리앗을 넘어뜨렸죠

책 발자국 여행

골리앗의 자른 머리에
하나님께서 계신 그 성소에
모여 앉은 우리는
옛이야기로 다윗을 찬송해요

다윗이 하나님을 위해
춤췄듯이
우리는 같이 발을 맞춰
한 발 한 발
기쁨의 찬양으로 춤을 춰요

다윗의 소망으로
크게 눈을 뜨고 사랑하고
믿음을 가지고
성령님이 저를 위해 기도해 주시죠

음악이 흐르는 곳
어디나 찬송은 어깨동무하죠

하나님은 사랑하시는 자에게 잠을 주신다

제게는 퇴각이 없으리라는 교만
언제나 이겨내고 말 거라는 집착
오만이 쑤욱 자리 잡은 자리에는
아무리 축복을 빌어도
마른 밭에 가뭄 든 쩍쩍 갈라지는 물가뿐

달아나고 싶어서
불행과 아픔에서
내내 나의 십자가를 괜찮은 척
지고 다녔지만
긁어내린 나의 가슴에는
늘 채찍질하고 조롱하는
딱따구리 같은 사람들이
제게 입을 맞춰 딱딱딱

앞을 보다
옆을 보니
삶에 지친 사람들
고꾸라져 거꾸로 십자가를 맨 사람들

책 발자국 여행

전염된 감정의 멍울이
치닫다 커다랗게 부풀어서
후하고 불면 사라질 듯한
인내와 용기들

쭉정이가 되어버린
많은 용서들

비난의 낡은 춤들이
오늘도 내 뇌를 침습하고
갉아버린 삶을 넘기려 애쓴다

그럼에도
지나가리라

그럼에도 희망의 꼬리뼈를 잡으려
주님의 옷깃을 가만히 잡고
울부짖는다

내 삶의 열매들이
나를 위로한다

다디단 잠에 빠져들기를
평안의 꿈에서 주님을 뵙기를

주님의 갑옷

진리의 말씀 뒤로 서라
십자가 대군들 깃대를 높이 들고
열방을 향한 불덩이를 쏘아 올려라

마음의 균열로
주님을 외면했던 베드로와 같던 사람들에게
바다를 건너신 예수님의 기적으로

한 땀 한 땀
정성으로 주님의 기도 갑옷을 만들자

누구에게나
열린 십자가 길
당신에게도 주님은 솟대를 주시고
예수님의 군사에 선봉을 서게 하실 테니

어서 예수님의 군대로 오셔라
같이 함께하자

하나님과의 동로

야곱의 꿈에 사다리
천사와 교통함으로의 축복
주님이 제 안에 성령님과 온 마음을 다해
기도하고 찬양하면

어디든
벧엘
어디든
예루살렘

사랑에 연결 끈으로
십자가 아래
귀한 만남의 연대기

성경 말씀에 나눔으로
성장하는 지혜

그 길은 기도이고
독수리의 깃처럼
주님의 몸체에 다가서는 것

주님께 다가서는 것만으로도

바다의 밀도와 소금의 무게를 아시는 분
시름과 불안으로 점점 저무는 사람에게
용기를 주시는 분

두드려라 열릴 것이다

주님의 기도 골목은 늘 열려 있어
두 번째 잔치에는 나도 당신도 갈 수 있어

인내의 열매로
주님께 무릎 꿇을 때

우리의 눈길은
하늘을 향하리니

따스한 손길로
고독을 아우르시고
굽이굽이 힘든 삶에 등불이 되신 분

그분 곁에 복이 얼마나 기쁨이고 깊이인지

사랑을 헤아릴 수 없으므로
그저 안기리

놀라움의 사랑

삶이라는 놀이터에서
내가 쌓아 올린 인내의 모래성은
다른 사람들이 쉽게 망가뜨리고
나는 고개를 내저었다

희망에도
사랑에도
나의 그림자는
뾰족한 나의 심성을
찍어 누르고
나는 중심점을 잃고
이리저리 휩쓸렸다

획일적인 그들의 시선에서
나의 방황과 넘어짐은
이해될 수 없는 것들이었다

마음의 메아리를
잡아 안고는

책 발자국 여행

두 눈을 꼭 감아 버렸다

갈라져 버린 믿음들이
내게 입 마름으로
푸석한 마른 가지 같을 때

소망과 소명의 빛이
세포들을 깨우고
서로가 손잡으면서 반응과 반응을
이어갔다

놀라움.
스테판의 광명과도 같은 진실의 빛

나도 태어남이 그랬듯
하나님의 품 안으로

이것은
그 자체의 본연에 사랑

주님의 거울인 나는
주님을 찾고
모든 미로에서 맨발로 헤매었던
나를 발견했다

주님의 사랑
그 향기로움이
나를 솟구치게 한다

책 발자국 여행